嘎嘣儿离家记

GABENGR
LIJIA JI

（英）迈克尔·罗森 著 （英）托尼·罗斯 绘

范晓星 译

语文出版社

·北京·

图书在版编目（ＣＩＰ）数据

嘎唧儿离家记 /（英）迈克尔·罗森著 ；（英）托尼·
罗斯绘 ；范晓星译. -- 北京 ：语文出版社，2021.4
ISBN 978-7-5187-1231-1

Ⅰ. ①嘎… Ⅱ. ①迈… ②托… ③范… Ⅲ. ①童话－
英国－现代 Ⅳ. ①I561.88

中国版本图书馆CIP数据核字(2021)第049719号

责任编辑	张　兰	
装帧设计	于　轲	
出　　版	语文出版社	
地　　址	北京市东城区朝阳门内南小街51号　100010	
电子信箱	ywcbsywp@163.com	
排　　版	语文出版社照排室	
印刷装订	北京市科星印刷有限责任公司	
发　　行	语文出版社　新华书店经销	
规　　格	890mm×1240mm	
开　　本	1／32	
印　　张	3	
版　　次	2021年4月第1版	
印　　次	2021年4月第1次印刷	
印　　数	1～3,000	
定　　价	25.00元	

☎010-65253954（咨询）　010-65251033（购书）　010-65250075（印装质量）

北京市版权局著作权合同登记号 :图字 01-2020-5779 号

本书简体中文版由安德森出版有限公司独家授权语文出版社出版发行,简体中文专有出版权经由 Bardon Chinese Media Agency 取得。

（英）迈克尔·罗森　和
（英）托尼·罗斯　系列作品

第一章

我叫嘎嘣儿。

我是一只狗狗。

这是我的故事。

一只狗狗的故事。

嘎嘣儿的故事。

我保证，这本书里的话都是真的，完全是真的，绝对是真的。

　　对了，还有：
　　我的这颗牙也是真的，完全是真的，绝对是真的。

曾经，我的"铲屎官"是朱莉和劳拉，还有她们的妈妈赛迪。

现在,还是朱莉、劳拉和赛迪在照顾我吗?

啊哈!

也许是。

也许不是。

到底是或者不是,且听我慢慢道来。

如果这是一部电影的话，你现在就该听到"嗒嗒，嗒嗒，嗒嗒"的配乐了。但这不是电影。这是一本书，所以不会有音乐的。

对不起咯！

有一天，朱莉、劳拉和赛迪带我去公园，纪念公园。我们玩儿扔球、接球、叼球跑的游戏。

太棒了！我撒开欢儿地跑，跑得快极了。有几次我真的在半空接住了球。你知道吧，球在天上飞呢！我在球没落地之前就用嘴把它叼住了！

这就叫本事！

接球！
嘎嘣儿！

言归正传,我正在洋洋得意的时候,脑子里冒出了另一个想法。我想,嘿,何不来一次大探险? 你明白我的意思吧,就是离家出走。

而且……如果我真的离家出走了，就再也不用听朱莉和劳拉咕叽咕叽的偷笑声了。

咕叽咕叽。

什么是咕叽咕叽的偷笑声？

就是朱莉和劳拉笑的声音，听上去像不停地倒吸气。

瞧，别误解我。我爱朱莉和劳拉。我非常、非常、非常、非常、非常爱她们。我喜欢跟她们一起在后院跑圈儿。我喜欢听她们喊："嘎嘣儿，接球！"但我不喜欢她们咕叽咕叽的偷笑声。

闲话少说，我想着想着，就跑起来了。我从朱莉、劳拉和赛迪身边跑开了。我探险去了。

此时可以给我配个音：

呜，嗖！

我跑啊跑啊,一直跑,一直跑,跑进
了一片树林。太爽了!我一头钻进了
灌木丛,叶子和树枝打在我脸上,感觉
就像有人刷我的毛一样。

就在此时，我发现了一只狐狸。

当你云游四方的时候，永远不知道会在何时何地巧遇一只狐狸。

我当时就是名副其实、完全、绝对地"云游"。

好吧，我对狐狸没有偏见。真的没有。狐狸与我，我们井水不犯河水。

这是我对狐狸的看法。

狐狸真的喜欢垃圾。你知道吧，人们把一袋袋垃圾放到大街上。狐狸就喜欢那些。他们会花好几个小时的工夫翻垃圾。我有一次看到一只狐狸在吃鸡蛋壳。什么？鸡蛋壳？他们脑子进水了吧……

14

我还见过一只狐狸啃报纸。我没
开玩笑：啃报纸。你会啃报纸吗？不
会吧。我也不会。

我不想让人觉得我是个势利眼。我不想拿鼻孔瞧人。呵呵，是的，我是有个大鼻子，可狗狗的鼻子本来就很大呀。

　　言归正传，狐狸吃垃圾。他们向来如此。我不吃。我要承认，狐狸很滑稽。他们很会开玩笑，特别是爱玩儿猜名字的游戏。

狐狸走到我跟前，跟我玩儿一个猜名字的游戏：

我觉得这个笑话真的、真的、真的很好笑。

也许你不这么认为。

我说："嘿，你这个笑话真好笑。"

狐狸说："真高兴你喜欢，嘎嘣儿，祝你好运。"

我说 :"你怎么会知道我的名字?"

可他已经跑了,没影儿了。

不告诉我答案。

狐狸都是这副德行。

这就是我对狐狸的全部看法。

言归正传,我走出了树林,心想也许
我应该回家了。可老实说,我迷路了……

第二章

是的,我迷路了。

不过我还是继续往前跑。我跑步还是相当不错的。狗狗的看家本领嘛。跑啊,跑啊,跑啊。一直跑,一直跑,一直跑。我跑到了一家市场。那儿有个小吃一条街。

哎呀，我的天啊，我的地啊，我的妈妈啊，那个香味……

　　真是香！

　　真是香！

　　迷人、醉人的香味！

　　我现在必须把这个故事停下来，且容我回味一下那个迷人、醉人的香味吧。

　　哎呀，我的天啊，我的地啊，我的妈妈啊，那个香味……

　　（真让人意犹未尽。）

你根本想象不到那个香味有多么美妙、多么浓郁，绝对人间美味。我立刻停下脚步，尽情地闻起来。

　　是的，我站在那里，把所有的香味都吸进肚子里。我的鼻子也是很了不起的，你知道吧。（我前面提到过我的鼻子了吧？）有了这样一个鼻子，我能闻到所有小吃摊儿和小吃车上飘出来的香味。

小吃街的一头有摩洛哥烤鸡。

另一头有顶级牛肉汉堡。

路中间还有卖西班牙海鲜饭的。你可能以为狗狗不喜欢吃鱼或者其他海鲜吧。哦，大错特错，我爱吃海鲜。

还有卖让人垂涎欲滴的沙拉的。
我喜欢吃沙拉，是的，我喜欢。

　　还有卖面包圈的。嗯，刚出炉的，
热乎乎的、软软的、带些嚼劲儿的面
包圈。

　　我告诉你吧，这么多好吃的都要把
我馋死了。

26

好了,你不会相信后来发生了什么,我,一个箭步冲到卖面包圈的小吃车前,我就定在那儿了。嘿嘿。或许是我的脸上写着"可怜巴巴",你懂的,就是一副求人的样子,有点儿要赖的那种。小吃车上的大婶,你猜她干吗了?她扔给我一个面包圈。

哇,那个面包圈,是全宇宙最好看、最可爱、最软、最甜、最无与伦比的面包圈。

我咬了一口那个面包圈,就再也不想吃世界上其他任何东西了。我再也不想跟别人一起生活,除了给我吃面包圈的面包圈女神贝斯。

于是整个上午我都站在面包圈女神的小吃车旁边,午餐的时候也在那儿,一直到她开始收摊儿。就在她正要关上车的后门,转过身子的那一刻,我蹿了上去,藏在一个柜子下面。

过了几分钟,贝斯开起车走了,而我就在车上。

我跟贝斯住了些日子,她对我特别好,我对她也很好。我天天都有面包圈吃。

虽然如此，我还是要说，因为我每天吃面包圈……

整天吃……

我就开始发福了。

好啦，我知道你想说什么。

你在想，你可真不咋地。朱莉、劳拉和赛迪她们怎么样了？她们不会伤心吗？

我要诚实地告诉你们：

其实那时我根本不知道她们有多伤心，我压根儿没往那儿想。你觉得我是只坏狗狗，叫我淘气包都好，可那是事实。

我很抱歉。可那都是真的，完全是真的，绝对是真的。

后来有一天,我跟着面包圈女神的小吃车出摊儿,我听到外面传来狐狸说话的声音。

他们知道我在车里,朝我打招呼:

"嘎嘣儿!嘎嘣儿!"

"有何贵干？"我问。

"朱莉、劳拉和赛迪正到处找你呢。她们一边找一边喊：'回来！嘎嘣儿！'她们满世界找你，四处贴寻狗启事呢。"

"寻狗启事？"我问，"上面写了什么？"

狐狸告诉我启事上是怎么写的。

宠物失踪

　　寻找我们最美丽、最可爱的狗狗嘎嘣儿。她是黑白色的。我们特别、特别、特别、特别、特别、特别爱她，非常、非常、非常想她。

　　这是她的照片，如果您见到她，

请致电：0555555 676767

"噢。"我说。

"还有……"狐狸接着说。

"还有什么？"我问。

"她们把后院院门给你敞开着，如果你跑过去就可以回家了。"一只狐狸说。

"不管怎么说吧，"另外一只狐狸说，"祝你好运。"说完他们跑走了。

我回到车里坐了一会儿，想想心事。

朱莉、劳拉和赛迪做那些可都是为了我呀。

只是为我。

我该不该回家呢？

可面包圈怎么办?

如果我回家,还能有面包圈吃吗?

我心里只有面包圈。

软软的面包圈。甜甜的面包圈。

刚出炉的面包圈。

我想到了后院的门。

我想到了寻狗启事。

宠物失踪

寻找我们最美丽、最可爱的狗狗嘎嘣儿。她是黑白色的。我们特别、特别、特别、特别、特别、特别爱她，非常、非常、非常想她。

这是她的照片，如果您见到她，

请致电：0555555 076767

我想到她们的呼唤："回家吧,嘎
嘣儿!"

可我还是想面包圈。

我还是跟着贝斯大婶一起卖面包圈。

第三章

　　一天,发生了一件事,一切都改变了。

　　我正在面包圈车里,坐在柜子下面我喜欢的角落。其实我能钻进去还挺不容易的。

我在那儿趴着、趴着，就听到外面传来朱莉、劳拉和赛迪的声音。你知道她们在做什么吗？买面包圈！

可是你瞧，虽然我挤进了柜子下面，但我不是发福了嘛，我出不来了。我被卡住了！我越是往外爬，就越是卡得紧。我听到朱莉、劳拉和赛迪跟贝斯大婶道谢，走了……可是我什么都没法儿做。我没法儿跑出来找她们。

最后,还是贝斯大婶把我拽了出来,但已经来不及去追朱莉、劳拉和赛迪了。她们不见了。

这又让我开始思考了。

经过一系列慎重的考虑，我做出了一个重大的决定。我对自己说："瞧，我不能再这样下去了。院门给我留着呢，满世界贴着找我的寻狗启事呢，还是回家吧，嘎嘣儿……我想她们。"

"我想在那个院子里跑圈儿。我想在公园里接球。我甚至还想她们叽咕叽咕的偷笑声。我要去找朱莉、劳拉和赛迪。"

这就叫作果断，嘎嘣儿脆！意思就是，我下决心做一件事，就立马去做。

我不光脸大、嘴大、鼻子大，我还满肚子豪言壮语呢！

　　那天晚上，我们从市场回到家，贝斯大婶打开车门的刹那，我就蹿了出来。我又开始奔跑。

我跑啊跑啊跑啊……不知道跑向何方……我只知道要回到朱莉、劳拉和赛迪身边去……

可是，不！

我迷路了。我不知道往哪边走了……

我在从未见过的街上徘徊。

我围着一个从没去过的公园绕圈儿。

那不是纪念公园。

我走到了更远的街上,从来没去过的地方。

我完全、彻底地迷路了……

第四章

是的,我又一次迷路了,但我没想遇到狐狸。可你永远不知道什么时候会遇到狐狸。

就在那里,在一些带轱辘的垃圾箱边上,有几只狐狸。你如果在外面闯世界,就会发生这样的事。你会遇到狐狸。

我朝他们跑过去，我说："嘿，别担心，我不是来抢你们的鸡蛋壳的。你们随便吃。我也不是来跟你们抢报纸的。你们留着好了。我只是想回家。你们认识朱莉、劳拉和赛迪吧？"

别的狐狸哄然大笑……呃，实际上也是那种咕叽咕叽的偷笑。

"你走霉运了吧？"一只狐狸问。

"嗨!"我说,"你们就告诉我吧。
求你们。能不能告诉我怎么回家?"

于是我就跟着这些狐狸往前走,转了几个弯儿,又走过几条街,就看到了那座房子……可是……

……后院的门是关着的。怎么进去呢?

直说吧，我真的很沮丧，而且非常、非常、非常难过。

让我先悲伤一会儿，你们都来感受一下我有多难过。

就连狐狸也觉得很悲伤。他们
低下头，慢慢地走远了，只留下孤独
的我。

可是……
这是非常不
一般的可是，
一个出人意
料的**可是**。

我站在街上,那栋房子外面,我听到了嗷嗷的叫声。那是一只狗。叫声是从花园墙里传出来的。我明白了,朱莉、劳拉和赛迪,她们又养了一只狗!

什么?!!!!!

又养了一只狗?!!!!
她们怎么敢?!!!!

第五章

我气疯了。我非常生气。她们怎么可以？我，嘎嘣儿，我才是她们的狗狗呀，我想。

这时……我听到赛迪这样喊……喊狗狗的声音,就像从前她喊我一样……

赛迪不是应该喊"回家啦,嘎嘣儿"
吗? 不该是"回家啦,福子"!

　　好吧,我想,我知道我离家很久了。
可是你们为什么放弃我了呢?

嗯,好吧,也许如果我是朱莉、劳拉
或者赛迪,千等万等宠物也不回家的
话,我也会放弃的吧……

尽管如此,我还是百爪挠心。

所以我站在花园墙外，也吼了起来。相信我，我吼叫了，发出全宇宙最大的吼叫声。

声音如此之大,然后屋门开了。我听到赛迪走出屋子,来到院子中间,说:"不要怕,福子,可爱的狗狗,那只是狐狸。他们是来找鸡蛋壳吃的。"

可是福子一直叫,我也一直叫。

赛迪打开花园的门，她看到我了。

她在那儿。

还有福子。

还有朱莉。

还有劳拉。

好多好多还有……

赛迪搂住我，拥抱我，有史以来最大的拥抱。

朱莉搂住我，拥抱我，有史以来最大的拥抱。

劳拉搂住我,拥抱我,有史以来最大的拥抱。

好多好多有史以来……

接下来是最、最、最棘手的问题：
现在家里有我，还有福子。

74

我俩又开始对着干，嗷呜嗷呜地吼叫，为我们的生命而吼叫。

　　我吼叫的意思是："有我没他，有他没我。"

　　他吼叫的意思是："此处是我家，不是你家。"

我就这么告诉你吧，那天剩下的时间，我们就这样一直吼叫。

惊天动地。

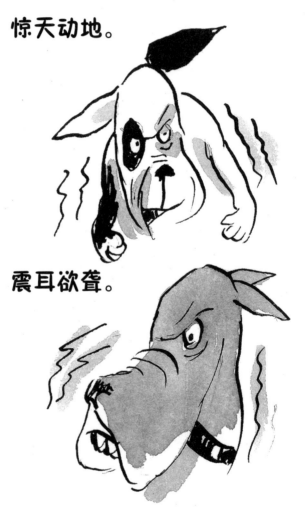

震耳欲聋。

不光那天。

整个星期都在叫。

整个月都在叫。

第六章

可是，你知道，你不可能永远吼叫。

你大概要记住这句至理名言：

没有永远的吼叫。

朱莉、劳拉和赛迪对我们都非常好。

我吃沙拉和西班牙海鲜饭。

福子吃炖豆子和鸡蛋三明治。

到了后来,似乎没必要再对彼此凶巴巴的了。

一天,福子对我说:"唉,我嗓子疼。"

"你嗓子疼？"我说，"你根本就不懂什么是嗓子疼！"

"我跟你说吧，"福子说，"你跟我说嗓子疼，就让我嗓子疼了。"

　　"这就无解了，"我说，"我告诉你我嗓子疼，而你只能告诉我你嗓子疼。"

我俩就这样讨论得不可开交，几个小时以后，我们就决定不再吼叫了。

　　我对福子说：“你的吼叫声跟呼吸没两样。”

　　福子对我说：“彼此彼此。”

"那是因为我叫不出声了。"

"叫不出声了？"福子问，"你的声音去哪儿了？"

"我的声音没有去哪儿，"我说，"我是说我说不出话了。"

"懂了，"福子说，"我明白了。那我们就不要再吼来吼去的了，好吧？"

"当然，"我说，"就这么着吧。"

然后我想了一个主意。

"嘿,"我问,"你喜欢吃鸡蛋壳吗?"

"不! 为什么要喜欢吃鸡蛋壳?"福子问。

"嗯,你喜欢吃报纸吗?"我问。

"不! 我告诉你我真正喜欢什么……"福子说。

"……面包圈！"我们异口同声地喊。现在没必要吼叫了，因为在面包圈这个问题上我们达成了共识。

还有一个大发现：假如停止吼叫，
我们还是可以相处的。

呼呼！呼呼！

另外一件事，我知道你在想：

"那么咕叽咕叽的偷笑声呢？"

你看,到了最后,就连咕叽咕叽的
偷笑声也不成问题了。我的意思是,
人们想怎么笑就怎么笑,对不对?
如果人们愿意笑起来像是倒吸气,
那也是可以的,对不对?毕竟世界上比
你我不喜欢某种笑声更糟心的事可多
了去了,对不对?

好吧，我的故事到此告一段落。

狗狗的故事。

嘎嘣儿的故事。

嗯,好吧,现在是嘎嘣儿和福子的
故事。

最后别忘了:

不能总是吼叫哦!